入戲

青年之著陸
——「陸詩叢」總序

文｜茱萸

　　在此呈現的是「陸詩叢」，由六冊詩集構成。我們規劃並期望，於「第一輯」之後，會陸續推出更多獨到的文本；而率先問世的首批詩集，理應被視為設想中的一個開端。

　　揆諸現代漢詩的歷史，我們深知，基於「嘗試的開端」何其重要。而在這個文體一百年以來的發展進程中，「青年」始終扮演著至關重要的角色，現代漢詩的事業亦總是與「青年」相關——無論篳路藍縷的「白話詩」草創者，還是熔鑄中西的「現代派」名家，抑或洋溢著激情的「左翼」詩人，以及兼收並蓄的「西南聯大詩人群」，都在他們最富創造力的青年時期，開始醞釀甚至開始成就他們標誌性的作品。肇始於1970年代末的中國大陸「先鋒詩」，亦起始於彼時仍是青年的「今天派」諸子對陳腐文學樣式的自覺反叛。這是文學領域富有生命力的象徵。此後的四十年間，在漢語世界，這個領域借助刊物、社團、學校、網路等媒介平臺，源源不斷地孕育出鮮活的寫作群體與個人。

　　作為此脈絡的最新延伸點，出生於1990年代、成長並生活於中國大陸的年輕的詩人，在本世紀首個十年的後半期，開始呈現出集體湧現之勢。轉眼間已有十年的積澱，先後誕生了一批富有實驗精神的創作者。出現在本輯的六位「青年」——秦三澍、薤弦、蘇畫天、砂丁、李海鵬、穎川——即處於此最新世代的最具代表性的序列。

　　這幾位年輕的詩人，已在北京大學、復旦大學、同濟大學、中國人民大學、中央民族大學等中國大陸知名院校完成不同階段的學業，經歷過漫長的「學徒期」，擁有多年的「寫作史」，並已積攢了數量可觀的作品，形成了頗具辨識度的寫作風格。同時，他們亦獲得過不少權威的獎項，並在文學翻譯、批評與研究等相關的領域裡亦開始嶄露頭角。可以說，他們是一批文學天賦與學術素養俱佳、極富潛力的中國大陸「學院派」青年詩人。

　　憑藉各自的寫作，他們六人已在同輩詩人中占據了較為重要的位置，經常受到來自各方刊物與學院的認可，並擁有了一定的讀者規模——然而，由於機緣未到，在兩岸四地，他們的作品都尚未正式結集。所以，本次得以出版的這六部詩集，對他們來說，具有非比尋常的意義。大家的關注和閱讀，更將是他們未來所能睹見的漫長寫作生涯中的第一個重要時刻。

　　這些詩，以及它們的作者，對臺灣的讀者來說，肯定還非常陌生。他們來自中國大陸，得以湊成一輯的作者數量又恰好是六（陸），於是，我們乾脆將之定名為「陸詩叢」。他們平均在二十七、八歲的年紀，是十足的「青年」，在中國大陸，則通常被冠以「90後」的名目。但這種基於生理年齡的劃分，目前看來並沒有詩學方面明顯的特徵或脈絡，能夠使他們足以和前幾個世代的詩人構成本質上的區別。因此，毋寧從詩人的「出身」及「數量」兩方面「就地取材」，以之作為本詩叢命名的便宜行事。

　　機緣巧合，此輯作者的社會背景與寫作背景均較為相似，但這並不意味著詩叢編選者的趣味將要限制於特定的群體。相反，正由於此前因，我們遂生出持續編選此詩叢的設想，擬遵循高標準、多元化的原則，廣泛地選擇不同背景與風格的作者，陸續推介中國大陸更年輕世代（繼「朦朧詩」、「第三代」、「九十年代詩歌」以及「70後」

等之後）的詩人及其寫作實績，以增進了解，同時促進兩岸的文學交流。但詩叢之名目既定，以後所增各輯，每輯僅收入六位作者、六冊詩集，以為傳統。

    本輯六冊詩集內，除詩作之外，另收錄有每位作者的詳細介紹和自作跋文，更有他人撰寫的針對他們作品的分析，出於體例的考慮，此處便不再對他們進行一一的介紹和評論。我願意將本次「結集」的「集結」，視為六位中國大陸青年的詩之翅翼初翔後的首次著陸。

目次

輯一｜山水書局

輯二｜奇跡放映室

輯三｜海濱電臺

輯四│夙願博物館

山水書局

宿舍

漸漸地，我懷疑宿舍是一隻狡黠的貔貅，
在我入睡後，啃噬過期的財經雜誌。
收繳鑰匙、鋼鏰、交通卡，還有抄滿德語的
便簽紙，不規則動詞變化著書堆的形態，
稍有動靜，就為生活製造一場雪崩。
甚至抽屜深處，幾首未竟之作也被無情地吞咽，
徒留新我向舊我索要，逝去的記憶和靈感。
他始終不動聲色，表現得足夠內斂，
幾乎超越了內外，醉心於曼妙的拓撲學。
有時，我在他腹中，與檯燈久久對視，
二十瓦的眼淚如胃酸，消化著悲傷的贅物。
更多時候，我只是他神經網絡裡的
一抹烏雲，一個程序設計上的小小錯誤，
來不及脫身，就被「母體」強勁地掃除。
種種跡象表明，他的成長意味著逐步收縮，
在床頭、桌腳，在兩扇櫃門之間
我曾讀懂家具的不願妥協，像昨夜打翻的
保溫瓶，用滿地碎銀，控訴時空的逼仄。
我則暗暗驚嘆彼此相似之處，同樣突兀，
同樣尷尬，同樣「熱衷於責任而毫無辦法」。*
這向我壓迫而來的四壁，耗盡了光陰的彈性。

終有一日，我會融入鐵屋的呼吸，像所有
曾經吶喊的房客那樣，等待新生推門進來。

2015.9.26
※注：出自馬雁〈北京城〉。

「孤島」
——為上海暴雨而作

幾聲驚雷劈開尚未熟透的夢，
一代人頭頂公文包，在街巷間失身。
水杉連接著電桿，騰出
最向上的一面——這未來主義的上午。
窗臺充當了生活的豁口，抽菸的學生
擠在樓道，打開工業化的肺，
想要從滿屏水珠裡辨認出壯麗的藍圖。
像是馬孔多下雨的第四個年頭，
受涼的小說學徒還未適應虛構的氣候，
積潦已暗送池魚，偷渡真實的邊界。
從曦園向積水的教室進發，如文學史上
踴躍的考點，令曠課的考生頻頻致歉。
透過雨幕般的困倦，樓群被鍍上幽光，
映襯出我們暗淡的孤島歲月。
而你顛倒晝夜、求仙問道的鶴
振翅飛去，消失在怪力亂神的筆記中。
山中方一日，搔癢已七年。
追趕死線的室友咬緊了牙，重新把
綿密的長句，填入岌岌可危的框架。
一樁公案將他挽留在，一九三〇年代，

兩則材料的焊接處，輕濺的雨腳似注腳
為凜冽提供了支援和假意。

2015.5.16

一個不宜讀寫的午後

圖書館裡殺書頭的人老了，
他的耐力剛翻過盤點萬物的山頭，
就已跌倒在引論的泥潭裡。
從昏聵的陸遊器中傳來的信號
時斷時續，預示論文減產的季節
更宜退而賦詩。但朝九晚五的鄰座們
仍在閱覽室內發奮，將女同學
悄悄標點勾畫，然後憑解構的目力
揣度書桌下她們初涉批評的玉腿。
也有落單的情侶，臥底群眾之間，
一面密報家書：「我在窗邊等你」，
一面從司考教輔和申論指南後
選調出幾個油臉的搭訕者。更遠處
風景更突兀，小散戶指點走勢圖：
大盤的筆法太刁鑽，輕換了紅色江山。
不如識時務的留洋黨，退回二手紅寶書，
用走樣的花體，抄下爛熟於心的
abandon：放縱、停止、放棄，
彷彿成功的人生總標配失意的開篇。
——思考令人老，歲月忽已晚。
當飯點，他們從滿布朱批的長難句

轉向國順路上眾聲喧嘩的餃子館，
一卷缺頁的《宏經》能否留住這遲暮？
所幸慌亂中，一段十來年前
席捲縣城商品街與洗髮店的流行樂，
挽救了幾個小知識分子的誠與真。
推開窗，有蕭瑟的秋風灌進來，
「我要看來看去的看一下！」*

2016.9.27，仿王璞
※注：出自魯迅〈「這也是生活」……〉。

一個校刊主編的午夜

涼風揭開了窗帷，檯燈為杯水
覆上一層暮色。在鼾聲與諷喻之間
聽診器的耳廓找到了你，我的預感
　　　是床單吹不起一絲波瀾。
閃爍，含糊，平鋪再轉述，迂迴著
擠進劇院後場，在藝術高於生活的戒條外
航拍的貓頭鷹已對準群山的枕形。
　　　而誰，猝然探出自己疲倦的衣領？
如鏡中揮拳的格鬥家，渾身破綻
但祕而不宣，等待被論敵之手編選。

霧氣因此濃重，演奏者也垂露
　　　兩滴格物的酸楚，將夜街
折疊成善感的迴廊，有迷途的游擊隊
在遠景裡熄火，從窮山惡水奔赴下輪圍剿。
對峙翻倍著時間，造句般冒進與磕絆，
漫長到欠一欠身，音鍵也漏出
瑣事的交談。從前的二十多年全是發昏嗎？
　　　琴箱裡裝進悔恨的內海。
擰緊發條，易於攜帶，為即將的鐘點

機械的浪花推送幾滴墨藍：

說什麼呢，除卻更多厭倦，更少遺憾。

2014.9.30，贈王民超

本北高速指南

儘管入秋的天氣猶如鄉鎮企業
裁減了道旁過剩的枝葉，本北高速*
仍像剛修通的鐵路，送來茁壯的青工；
或一段歧途，混在物種遷徙史的開叉處，
分揀出人生路上的後進者：
涉世未深的應屆生，懷才不遇的復考生，
統統穿過它，長成以夢為驢的老監生。
當霞光掀開幽暗生涯的一角，麻雀
如巡視組般掠過，生物系荒廢的試驗田，
蜂房紛紛開了門，單車、電瓶和行人
從夢裡循環的迷宮衝上晨間沸騰的賽道。
多少野性在呼喚，多少內心的獨白
應和著行軍樂的鼓點，大世界回報以
曖昧的定律──「萬類霜天競自由！」
可是自由後如何無用呢，還是自由裡
更有無用之大用：當它是發布秋裝的T臺
羅列女士們為美留白的大腿，心胸
因雨季而敞開，領受了嘉獎也緩衝過敵意，
沿途，廉價香水味卻鼓舞追求者去破譯
她們錦繡前程中晦暗的事業線。
如果總在路上，是否真能永遠年輕

熱淚盈眶，如同乘坐搖擺機在鬧市隱身，
讓後視鏡中宿醉的銀杏，將風月與你久久掛念。
當然，忽略霧霾中的「上海肺科醫院」，
本北高速僅僅一根菸的時間，乘夜而歸時
我曾在風中收到友人不懷好意的提醒：
Smokers shall be treated in Fake Hospital.

2016.10.8
※注：本北高速是一條連接復旦本部教學區與學生公寓的道路。

谷歌裡的旅遊記者

*

依舊寫字樓的熱浪，沖他上鍵盤，
踮一踮腳尖，加勒比海就隨十指
消逝的足跡解鎖。布置著棕櫚的
液晶屏，海鷗狀的光標穿針引線，

潑墨些浮言，猶有疑點顯形膠卷。
一道帆，軋過兩排浪，送來胸衣
廣告裡的熱女郎：資本膨脹腰身，
酒店連鎖慾望，誰道是天上人間？

*

計畫單列滿答案，從開屏的世界
收束鎂光。自助遊的旅客太欠缺
彩排，將風景倒逼成妄動的觀眾。
在勃朗峰進站，從東非裂谷推門

出來，世途翻覆趕不上地貌更迭
之快，坐班的羈鳥反而未落塵網。

虛實兩界不再？地圖前大膽假設，
憑欄處小心塗鴉：老夫到此一遊。

＊

花非花，霧非霧，子身何妨突忽，
新社會的衛星圖，何處拋錨？而
迫降的傘兵，扮演我充氣的嘆號，
標點出湄公河的觀光艇。殖民的，

太殖民了，加載著河圖加倍嬉鬧。
噫，迷霧褪盡，兜不出花花草草，
速溶的機緣攪進暗道。此去經年
十方三界，且學分飛的勞燕分別。

＊

被否決的山河來入夢，裝修尷尬
的影棚，道分南北，私心作指針。
玻利維亞，游擊著密林的格瓦拉，
拖稿的記者投向你，如林沖夜奔，

休道是全息成像，舊賬定期付款。
黈夜只戳破層窗紙，布穀已播報
早點的航班。朝霞喚醒了徐霞客，
情人的胸脯正推舟，行行重行行。

2015.6.3

為背景樂中的修草工而作

|

走近我，還在半睡半醒間，
趁熱浪湧上聒噪的工地前，
半透明的海水逐漸膨脹，起伏。
從隱喻的堤岸，推至論證要點，
裁去了彼此學院生活的花邊，
割草機的雄辯源自他強勁的心力，
使新城迅速區別於舊租界。
鴿子，這閃電的身手，逾越了
藩籬，在錯落的單槓上停頓，
投下幾粒陰影，全是自然的碎屑。
而他，正如一根曷針，站進
盛夏的榮光，作為對深淺更謹慎的
切割──時間開始了變化。

‖

走近我，就在發癢的耳道口，
割草機的囈語和蟬鳴相互較勁，
神祕得像是意外截獲的腦電波。
草尖因此掉落，在衣領外
圍成一圈防風林，瑣碎之物
反倒更具體，填補我一貫的大意。
並非不能，重溫機械的殘夢，
反芻草籽、光斑，和偽裝一位
園丁的心情。當他沉重的腳踵
當真繞過灌木的寸頭，在我
頸椎上停頓，快感，有如驚悸的
栗鼠，闖入街角潛意識的花房，
不過剎那──他已改變了舊我。

2016.7.21

山水書局

先是在鬧市迷途，路線之爭，
繼而被意外驅使，潛入城邦生活的邊陲。
當半價義山攤開自己並未縮水的博學，
擁抱了，從紛紛的斜線號裡趕來的見習詩人，
私有的雨珠開始滲出苦味。
即便如此，「山水」仍是個曖昧的名字，
這滿屋老化的書架，則是匆匆搭就的懸崖，
或看臺，將窺探融進自然之險。
雙語的輿圖中，一卷小謝聳起書脊，
等待背包客拾級而上，到商品化的風景區
翻閱自己：「空濛如薄霧，散漫似輕埃。」*
無序地旋轉，為某束插入語般的燈光
布置一場佯裝啟示的丁達爾效應。
而在脫力的動詞和搖晃的人稱代詞之間
犧牲的蚊蠅，變成滯銷的《十七史商榷》裡
微小的標點事故，停頓在真相回旋處，
確保肉身持續在場。
很快，知識的涼意就要席捲舊城區
坍縮的窩點，比霽光更快，顯露前所未有的澄淨。
我們用簡裝的語法交談，借廉價的捲菸造境，
將二手書刊傳授的陳詞和妙語

吐進五音步寬的店面，漫長而拘謹。
然後，還需要更多時間，讓消逝發生，
將過剩的真理重新分配，帶入各自的臥室
與良夜（借以熬過性事後的沉默），
甚至山東南路也將如一行病句，被輕易地移除。
總是無所事事，又憂心忡忡的
觀察者，學著去做樸素的看客。
門外郵差閃過，生活索回稀薄的下午，
他選擇相信，有限的此生應為一版一印。

2015.8.25
※注：出自謝朓〈觀朝雨〉。

人間動物園

「這世界我不懂了。」狗熊說「變化快」
　　　　　　　　　—— 大咕咕咕雞

地鐵把我們交付給出遊的心情，
法定假日的陽光，平等地落在
黃牛、攤販與永不輪休的動物身上。
熙攘的長隊拐了三道彎，
將有關萬物的左派幻想拒之門外。
——檢票，穿過野性的人潮
和秋老虎的洗禮，水泥道越走越寬，
調大了視野和音量，
岔口一轉，終於站到露天的展區前。
五六隻金剛鸚鵡抓緊了繩索，踱步，試探，
撲騰，但不會升空，一遍又一遍；
像社區公園裡分解招式的健身教練，
伴著廣播，恢復最初的平靜。
他們來自熱帶雨林，或中美地峽，
全球化的春風吹送花花綠綠的小鎮摩登；
也可能只是顏料傾倒時，偶然的受造，
急於在博物志中插入兩段閒筆。
有幾回，離異的中年還懂得將心比心：

軍艦鸚鵡的股票跌停了嗎？
琉璃鸚鵡的職稱評上了沒？
紅藍鸚鵡的漢語是否有巴葡口音？
而熊孩子的歡呼聲，而高矮胖瘦的
屏障間，攝影者的視角、焦距和光圈——
從熊貓嶺到獅虎山，從孔雀苑到蝴蝶館，
疲倦降臨到觀眾身上。前一秒
罪惡卻也熱烈，但此刻，物種都已衰老，
把園區擠成一艘超載的方舟，
身後的推搡，暗示著更多遲到的救贖。
有晚上，有早晨，是第幾日？
顧盼的鳥類也染上風向標的猶豫，
我開始理解他們的無從學舌，
「這個世界我不懂了，變化快。」

2015.10.3，贈企鵝君

送企鵝君赴愛丁堡

晚餐後，意猶未盡地轉入
街區最鬆弛的神經，從小酒館
偶然擠出的幾段腰身或電子樂，
並不匹配你一貫的老式作派。
四年來，政見滴酒不沾，
只為常識的運轉，冷飲就著修辭術
化合成玲瓏的處世之道。
曾經辯爭過、戲謔過，還是徒然地迎來
最終回合，在蔥郁的夜色裡
感傷，不如參一參野狐禪——
我們中助產有術的辯手，熱衷為歧途
扳道，也有新晉的左翼疏於理論，
但對一切莫測總抱桃色幻想。
激情固然可嘉，諾斯替派的主賓
卻不同意，作為妥協，
你傾向把鬥爭保留到錯誤的世界之外。
「人生不相見，動如參與商。」
唯獨小酌最必要，刪去人影
和燈光，騰挪出一張孤獨的句點，
停頓時，也學石膏般出神，
彷彿往事真如夢，藏在鉤沉的杯底。

泡沫修飾了水面和樓盤，
恍惚中，是誰調控的手腕。
可惜大學路這光陰的腸道蠕動著
搬走幾個舊交，搬入幾家新店，
從喋喋不休發展出樸素的辯證理念。
說離恨也行罷，此去經年，
女友們也該出落為新潮的主婦了。
而你，隔著山岳、海峽和時區，
想起一生中後悔的情事：
「中國呀中國，你怎麼不強大起來！」*

2016.9.15
※注：出自郁達夫〈沉淪〉。

演武橋下

最靠近海的時刻，高架橋
放低了身段，在它世故的腹下，
越過探頭轄區的棧道，我們聽
卡車震顫著橋體：一片海，
來自更遠的海，但也僅僅是
海的萬分之一，將上下翻飛的白鷺
和沿街棕櫚葉的機械搖擺
統統納入大學城外動態的屏保。
對岸，開發區的燈火發掘了
夜的深度──倘若撩開山河
墨綠的面紗，定有一座不眠的機房
藏在幽遠背後，計算冷暖、盈虧，
彼此間從無到有的距離。
然而，海風更具備循循善誘的
塑形之力，每一次呼吸都能吞吐
沙灘的輪廓，那些光影中事物的朝向，
中點，線與面的夾角：是午夜
一遍遍洗刷這凋敝的舞池，
把忘記附上邀請的酒瓶退回原址，
是三五個本地學生溼透了，提著涼鞋
從混沌處折返，是新奇的外省遊客

走下去，蹉跎一夜如永恆。
他們新婚，好辯，急於施展手腕
迎戰浩瀚的巨獸，但似有什麼
被丟進身後，黑魆魆的大學校舍裡
另一種層層疊疊的夜生活
最險峻的部分。我們也曾理解，
並藉著助聽器般的海螺，規避了
命數裡散布的暗礁，或是攥緊一管
正在風乾的墨魚，無聲書寫，
直到深海未被水波柔化的蟹鉗
真能驕傲地伸出，轉動調頻的旋鈕。

2016.12.27

五點一刻

如果昨夜的街巷不曾通明，
貫穿鬧市，牽引著你，
如果劣酒不給對白一點推力，
教兌水的關係逐步顯形，
雖說寫字樓內，有所幻想，
總不至讓流言坐落為酒店的
尾房，也沒有近郊的月色
在空鏡中全裸出演，
裝飾國產十點檔的漫長中場。
沐浴完，雙雙從霧裡踱出，
落在皚皚的雪原，起伏腰線
和臀線，乳尖上光景一時新。
相互打量不如相把玩，
意味著，古典的人性更疏狂。
情感教育卻是經濟型，
匆匆熄火後，匆匆睡去，
夢中的拉鋸，都暗合被單的尺寸，
禮貌得有如兩輛摩托
擠在小區深處的林蔭裡。
再醒來，已有一角天色被漂白，
翻湧出一片將來的海。

女伴的鼾聲猶在耳，隔夜的
郵件已讀取，今日何日兮。
仰躺在深耕過的床榻上，
悔恨也都換作了傾聽，
譬如此刻，麻雀們的晨會啟發了你
幾小時後上報的選題：
今春的時尚風向究竟在哪裡？

2016.3.13

靜安寺

*

旋而又旋街道撑開莊嚴塔尖
飲食男女勾連長鏡短鏡之變
風本是丹青妙手不解銅鈴語
菩提下潦水間暗送步蹤清圓

沿途托缽人坐觀車馬爭喧過
大隱市朝者豈有內環短租客
聽鐘鳴聽出了時間的分別心
擁塞處傘面競湧將彼此吞沒

*

錯落著危樓把道場襯作商場
陳列有櫥窗將淨土穢土包裝
簷上象幢頂獅照見客流未已
高峰段地鐵站輪迴眾生無量

傳單一紙請君小試口語祕法
貨比三家曾被金身模特點化

晉升縱有道仍在欲界相侵擾
老嫗問此間難置業何以為家

＊

巍峨的地價擋不住慈航超載
跨國旅行團竟攜來滿院塵埃
市政無一物如何點鐵築金屋
檻內環衛工拂去落木成鏡臺

覺岸既難登先須泅渡內澇湖
外道雖顛倒卻比交通更高速
轉角薩克斯吹散霓虹雨中曲
藍調與珠箔淡去前方三岔路

2016.4.20

阿里巴巴與世紀大道
——於PSA觀Heidi Voet作品後途經世紀大道站急就

地鐵取道世紀，時速無所不及，
市場盜取時速，世紀膨脹的腰腹，
搖晃，喧鬧，車門剪不斷的人潮。
生產慾望的電子屏，終究難敵
檢索慾望的電子眼，卻意圖未明，
激昂，奮進，餘額買不斷的人心。

如何是道？如何是財？惡乎在？
大道之行，車廂搬運公有的宿命，
道亦有盜，車廂藏納不均的珠寶。
天網疏忽補漏，地鐵成事在謀，
剎車，進站，阿里巴巴確認訂單，
廣播：芝麻開門，四十大盜換乘。

2016.11.11

道中作

晨霧的辯爭還沒有散去，上海
又從廂底抽離，地名變更未決的消息。
轉季尚遠，早報隔夜搔癢，唯有望海般
頻頻聳動失修的身體——該作別了

事物忽焉。拌嘴，打諢，到啼哭沖淡了
至此的倦意，鄰座面朝綿延的電桿識譜。
去聖本圖、錫凱爾，或繞開田野禮貌的
虛情與擺設？草木衰敗，才仲冬，卸下

周身的毛躁，才暗入霓虹。車票的邀約
捏制了不成型的南方，如奇遇減價，而
日常疏於優美。抵過車間走道裡，錯眉
挑起落魄的眼珠，少婦默誦著黛山哺乳。

無從料想，更多的遺憾席捲剎那的觸感。
更多一生注滿片刻的息嘆。相互委身
是莫須有的杉林隱忍斧鋸，報站員終非
世事洞明的報幕員，解謎者比遠更遠。

2014.1.26

過提籃橋

我感到我是一群人。
——蕭開愚〈北站〉

心事連酒事，任憑草率的舊鞋駕駛，
涼風乍起之際，同宇宙打了個照面。
怎奈何夾道燈霓和膠乳，循循善誘，
隔空扭亮惶惑的臉：午夜賣場不遠？

催開慾浪片片。霧鎖外灘北、彼此間，
裙擺刪餘四五寸，凜冽又多情。探過
經霜的分叉，挑燈看心扉半掩；屏息、
潛水、換氣，未剪輯的歪斜，被漩渦

裹入蹉跎的永夜。沉滯裡吞吐新社會，
高牆外往日隔山岳，深掩還如變電站
調度著故事和蜚言；餓鬼道、畜生道，
又恁地阿鼻叫喚，倒映出此地、今宵。

她疑慮，無由的漣漪正勾勒新的邊境，
她咒罵，這分秒失黏，定是機芯驟變。

而更夫攢緊的拳頭，在街燈的朗照裡
如何遁世，如何賞清風明月不用一錢？

我體內呼嘯的站臺已湧上南來北往的
掮客，哄鬧著，兜售一枚作廢的影票。
鏡頭後拉，堂燕掌握了主義的新算法，
各自朝租賃的願景，趕路人差池其羽。

2014.9.21，贈茱萸、汗青、三澍

海上餐廳

違章建築被拋在碼頭，
從鼻翼的毛孔間沁出的汗液，
閃動在蜜蠟色的階級裡。
船員們迎著熱風，跳上甲板，駛向海，
如協約上竊語的標點，伴隨有
快活的儀態，隨即又讓位於來客的
派對情調——靜與動。
當暮色漫上遊人碎金的桌布，
煮海者用細火烹調，鏡像背面蒙羞的
暗流。偉大的導師作別人民的舵手。
渡輪上方，電工旋緊了卷雲，
所有喻體都隨觀眾一道衰老，匯入這方
盈盈的自我，但吹不皺。
依舊是，油汙與鐵鏽的鯨背作為舞池，
有時從光圈中蕩開加密的華爾茲，
令感動眩暈、腫脹，吹彈可破。
因而餐廳又是印刷廠，遠在
近之中，複製出現時代的海霧。
難道我攪擾的風景，能夠在他方錨定？

還是此刻如實卻突兀的到來，
將尷尬的議程，提前到圓桌以外。

2015.7.20

村鎮臨眺

盤山的縣道以螺紋逶迤
　　　墓冢錯落無非沿途的測速器
倒退著，縫入烏桕紡織的罩衫。回旋之際
一種破綻犁出耕地，瓦房綴連平頂房，積木般震顫
在雨意間，乳燕的身手被虛化，出離了自己
仍舊是，隔空對表的繡花剪，裁量歪風、碎銀
　　　　　　　　作業與休息的時刻。
事事未已，暮雲裂開錦繡文件：通知，通知
政策的手，朝私處開屏，農婦揮汗又將官話勾兌。
　　　晚餐以前，檯球燈從雲梯外，照落農場
工傷的外骨骼時，螻蟻們仰面，聽著，心情開始抽芽。
還有多久，一聲鳴泣才能穿透限壓閥，流逝
　　　階級的體溫呢？
　　　　　　　　高桿傳徹反射線與因果律的小棋局。
中學生三三兩兩，置身球場，赤裸著上體
光滑如鱒魚，在搪瓷盆裡敞亮開游。他們遺落的
歷史課本，已積滿龐貝之灰，因循著注腳
　　　故人對某座三級危樓的援引，最終導向自身
　　　　　　　　　將傾的結構，幾扇舷窗
無數次夜。總是支書的語法安置了村鎮多歧的時態
彼此違章，相互侵占，共享左肺且同樣抗拆

微微翕動謎樣的潮汐
彷彿附於末尾的習題，正鼓動青年探險家
逾越雷場求妙義，實踐出一朵蘑菇雲
　　　　　　　　而攸關性命的
遠方生產隊的西西弗，早早捲起了卡其布大地，而
國境線上踉蹌的偷渡客，還在遣返的艙底
　　　　　　　　醒著無須簽證的本地夢。

2014.8.23，贈砂丁

奇跡放映室

絕劇（一）

向後退，沙堡已陷落，潮汐為數學挪出創世的草圖
只有嬉水的幼童，背對浩淼的看臺，才能承受

巨鯨凌空的片刻，你也是我，在秩序之幕後竊笑
奇跡如理髮師，從一支馬勒裡踱出，裁剪因餘波翻捲的頁角

2014.10.14，給穎川

絕劇（二）

因果之間，拉扯線鋸的伐木工，在決勝前搖落一場新雪
飛身撲救的守門員，卻如雨燕返身，融進隨機的世界

萬花筒的謎底，不過拆疊廢墟的對稱，暗室揀選的受洗者
剝開迷霧知是誰，剪刀手與彈簧腿，觸發深深處的魔方之神

2014.10.20

絕劇（三）

星槎啼破嚴霜與蜃景，往圖勒以北，絕塵的愛
教馭手拋灑，助推器的殘骸，用跨越天體的撐桿跳

屏住萬物轟鳴的渦輪，因為寒蟬，你隱身瓊枝
虛飾了木樨之一，但依然反鎖在，角力時間的棋局裡

2014.11.29

寤寐頌

搖撼我的，相交線的歧途
漸遠之間是悔恨相競著，別過頭去

火山隱忍，在銅鏡對視以後，我面朝空軌
抬起無窮隻殘臂，用餘燼吞咽王座與荊冠

晶淚趁淬火之夜上膛，而你，阿耳戈斯
轉輪般的眼底，走動著，一座雕花的角鬥場

被困倦纏繞，被翎羽栽種，彷彿禁慾的午後
出走的冰凌骨骼，孤獨如鄉村測量員，雲遊過的神經突觸

套娃夢著套娃夢，已是觀看折射了更多看
從你耳蝸旁的地鐵口，滑向更深的珊瑚灣，水藻在身上燃燒

當沉酣的海馬體仰首，閃光的腰帶，點綴了浪頂溜冰的弓箭手
齊窗的懸鈴木，掛滿無中生有的岩洞劇

洗衣機吐露毗濕奴的肚臍，而街區，聳動在迷霧未來
迷霧未來，陳橫的病體，扳道工將La Ciotat的火車射向他零點的睡意

2014.4.23，仿王敖

絕劇（四）

我看見你了，在變動的雲帳間，霞光與角枝被催老
有描金的群山走馬似燈顫之夜的皮影，將悲歡的細語

寫入首尾相連的蛇體，無限種命運循環著，齒輪般
咬合於分秒不差的懷錶，藉由你我，倒數破繭後輕盈的逃逸

2015.1.31，寄周提轄

絕劇（五）

苦澀著，從苦澀中動身的花樣滑冰手，和大地之鏡的圓心
幽居又寡歡的，你作為雪人的部分，都開始融解

但我相信，這雲杉呼告的尖頂，是先手殘存的皇后，用星象
對抗虛像，把密語留給秩序，並鉚緊雪崩前最後的平靜

2015.2.20，給時雨

絕劇（六）

我們迷魂的瀚海，會有落拓的駱駝來為蜜蜂引渡
會有蜻蜓傾聽袋鼠的代數，在空缺中推演，孔雀森羅的翎羽

如何煽動風暴席捲你，金砂覆滅的鯨鯊，是消散也應歌詠
歷盡歧路再相逢，尋路的麋鹿連同迷路的馴鹿，匯入那唱經班的長頸鹿

2015.6.1，致三澍

驪歌

那麼走吧，友人，當車燈解開風暴中的連環
當雨刷如扇骨，撐起命運的前景裡莫測的振幅
你們昂然去往之處，是曾窮盡神諭光澤的地方

在銀河畔的中轉站，在夏風沉醉的星際巴士上
不止一次，我從塵埃雲間認出你們，流光的形象
年輕得像是下個紀元的物種，剛剛走出時間的迷宮

2016.6.30

末日頌

等我到來，瓊枝正老去，
綠焰帶著急切，在窗外燃燒。
仙鶴隱居的雲杉更換了門牌，等待好奇的松鼠
換上鑲金的宇航服，重新登頂這大地的桅桿。

廢港之燈，羅列出海岸，岩礁轟鳴如鋼琴。
來自赤道的大師，浸染風暴的指法，
演奏季節和氣候：更幻惑的海怪，更隱蔽的沙鷗，
我輕盈的轉身只一瞬，越出造物的八度。

然後，絕望的電波將來告訴我，毀滅前的火蜥蜴何去何從。
星宿告解的樓閣，重現於蓬萊之濱，踴躍有教室後排
逆鱗般的浪語，轟然坍塌成真實──觸發萬象的暗門後，
瞭望塔卻看不見，深海的棋牌室裡，紅王蟹和琵琶魚的手談。

多麼遺憾吶，我心愛的鸚鵡螺號，飛旋著槳葉
竭力從轉盤中掙脫，墜向一場地心旅行，聽任遊戲玩弄著賭徒
還不夠嗎？信號彈的高音拉響了帝國合詠，船歌脫口的剎那
就被注入連環的水泡，淬火般的哀榮，映照出艦隊締結的錯誤。

我孿生的情人臨崖而立，蒙住雙眼，像是練習跳水的獄囚，
準備為沙漏詞窮之夜，冷卻胸腔嗚咽的鍋爐——恨只恨
分歧的雙管獵槍還未出手，不再以靈蛇交尾的方式扭結，絞殺所有
迷宮的困獸——當薔薇科的時針爬滿時間，往事之堤也即將決口。

求愛者往左，速死者向右，哈默爾恩的吹笛人，已是大都會
花衣的交警，而馬戲團的天使受邀，重逢幼童原配的骨肉。
他們身後錯落的集裝箱間，探出腦袋的引座員與修理工，謄寫好末日宣言
趕在羊水蒸發的前一秒，就在這性命相抵的劇場裡，僅僅因為你——

2015.3.27

速劇

　快再快經歷過漫長等待垂死的紅色馬達啟動獵豹早已老化的機械義體
在前夜清涼的恨意裡轉身沿著大地的齒痕划出一道精密弧線直到命中
參差的杉林被月球這幻惑的飛行器投影為琴鍵在雪地上演奏亡靈騰空
前踏過的那首小輓歌的旋律而我如石像沉默不語。

2016.11.6

聯動劇

總是初次，單車在路邊食草
法國梧桐一再向生鏽的車籃投遞
　　投遞時房間呼出麻雀跳向
女孩的舞鞋沙沙步入十月馬蒂斯
前來卸下相框，你猜開的窗
　　猜鋼琴後的臉頰你說請原諒
我偏愛永恆延期的音樂會
　　　　　　　　糟糕的排練
出一座樹蔭廊橋，午後，在這裡
雲光水母般變形騙你游出臥室
　　遇到寒流就是一次擁抱和等待
等待懸念襲來在陣雨中架空事物
需要共振彼此的蜂鳴器喚醒
　　　　　　　　兩倍不安地
猜是壓路機沿著E弦熨平街壘的
建築術鎖閉器官都在福爾馬林裡
　　裸泳是潛水艇男孩光滑地俯衝
向你猜出節點才能進入串聯站臺的
攝像軌道上我們以追尾相遇了
　　　　　　　巡警開出罰單
收繳塑料水槍騰出童年的手去拆

　　布娃娃演奏三角鐵的積木舞臺
此刻片場一枚螺母將要鎖緊你的心
你在小蜂箱裡跳格子是猜開窗時
　　上旋的八音盒，我分列的展櫃

2012.11.10

諧音劇

老郵筒釘住遠路之繞，
　　　　　平生咀嚼信的飾詞。
磁石的引力誘捕日夜，往事研究：
大半滑梯輕乘，又十年鋼絲獨走，旋他上樓
敲開蟲洞的門：浮生一夏，駛回波爾卡，各自的
　　　臉上陰晴表。琴音閃爍女音播報：壞天氣

瀝出囈語，走到微微發甜下客車，分別，
　　　　故居的共鳴腔：走道微微發甜薩克斯風
吹雨入門窗。音樂烘焙午後如麵包鬆軟，
咔擦，多少年悲喜劇前，遷居至此的曆法師
借它掃落兩鬢松針，修平檯歷的衣領，
　　　　　　　星象輪轉間一冊不幸之書

夾著不醒之都，讀至尋歡往復的鐘點全無，
情人換上新鞋，寫信寄來缺音的舞步。
　　　縮小的海綿轉臺，他們面海對臥，房中數
羊羔咩咩b小調之秋，契合的新奇感
讓位於溫暖，數滿心愛的數後，老射手
　　　懷抱虛想的兇器睡去，青梨

外出投遞，夢裡赤狐剪過地平線，邁著橡皮章
追趕淅淅風。對窗戶的精神分析
　　　　掀開骯髒的畫圖板：活的幕後無限關山，
無事獨上西樓莫憑欄：危險的高度
變幻跳落的長弧。談起僥倖生平，赤狐
　　　　　　　　泣作消防栓：暗防遠路煙消。

2013.5.18

情景劇

〔家庭生活的深處，老式的轉盤微波爐。燈光，嗡鳴。

〔洋娃娃與小熊跳舞。父母側耳傾聽。

洋娃娃（裙裾飛旋，如陀螺忍受著皮鞭）：舞者求全於舞蹈
是孤嶼隔絕人跡和風暴，但我已控制不住自己。

小熊（氣喘吁吁，脫下他的毛絨外衣）：親愛的，投身於我，
以熱，以你黃金的絲縷，勾連線路中斷的情慾。

洋娃娃（高舉殘臂，滾動塑料的淚珠）：如果運動將我肢解，
請為我保留頸部的球狀關節，一個旋轉的中心。

小熊（若有所思，大步向前）：最後一次，容許我與你擁抱，
在我因膨脹而失真，再無法填充任何記憶之前。

〔時間到！神經質的女兒奪門而入，撳滅七分熟的爐內高潮。

2015.8.20

海濱電臺

昆明湖

沒有了退路，游船停泊到湖心，
我們並坐在放映室，看粼粼的水面。
有些隱祕的尺規正在陰影裡作圖，
尋找落點，你顫抖的尾音開始含混。

公園的下午，膨脹著春裝的男女，
而機械在薄暮中伸出發條，並不比
輕盈的腕錶更快一些。我們學習
把長話修短，直到遠山跳閘般暗去。

關於結局，都在你頸動脈邊結晶，
如一粒食鹽，以萬分之一場雪飄墜。
廉價而溫馴的，將含恨輓留枝頭，
或一陣風，破譯波紋裡金色的呼救。

2015.4.27

默距

友人帶來了雨意和五點鐘。*
她倒映霓虹的瞳孔，偶爾會流露
膽怯的剪影，如金針下旋轉的唱片播放著我。
尷尬之間，租界的星光也湧了進來，
由越軌的對視，跌落成此刻的餐盤與碗筷。
4′33″，沉默在長桌的對角線上拉鋸彼此，
鄰座的低語順勢推開一片漣漪——
四下裡有人走動，有人正推門離去；但沒有
約翰・凱奇，捲起留白的樂譜，因而是又一個4′33″
銜接了她，摺紙的內面與凍港的停頓，太過真實。
也或許，羞赧才是深心的入海口，
此間多霧的堤岸，裝點我們垂釣時疑惑的部分。
這降維後的世界多麼幽深，隱約、料峭，更值得等待，
哪怕為魚躍般的逗點，蹩腳的對白被分割。

2015.6.23，仿二十月
※注：改自卞之琳〈距離的組織〉。

氣象臺

專注某件事情，比如兩個人走路。
行道樹裸露失色的身體，
我在胸腔中勾勒枝枒：上海地鐵線。

三月的第一個晚上，你抱怨
氣溫驟降。呼出的迷霧中途停滯，
而說出的話卻更加乾淨。

像路燈，照亮身後的法桐廊橋，
或是進站時，天頂的星群忽然搖落。
小心減速，擁抱另一種天氣。

傾聽自己的鐘錶心，把裁決留給
風向標，沒有提及的部分也不用猜。

2013.3.7

往事三章

夏朵

　　吊燈下，錯拍的舌頭被熨平，
像壓在箱底的紅色方巾：他的口音
途經了七個收費站，從福建，到上海。

多數里程，他往疲倦的瓷杯搖擲骰子，
漩渦，又概率之甜。當相互啜飲
　　　　降低了彼此的水位，咖啡與嘴。

她裁下窗景中的政民路，將A面
插進顯影槽：藍調，一聲重卡的低鳴，
　　　　第一道加速的雨劃開花窗玻璃。

2013.7.8

生海

順著海濱直敘向晚的環島路，
計程車錶盤她的年輕從舊裡讀數。

　　後視鏡之後，摩托手蜷縮成追趕的
　　釘子，彎道搖醒了愛人發甜的舌頭。

渡輪上空波音客機下降至雪地滑冰，
比遠要近合唱隊棲身樓房望斷暮景。

　　播音員描繪著無法捕捉的風暴眼
　　後座：臨海的長椅，我們並身此間。

2013.7.25

下危機

子時近郊區，穿過雲層的客機
也在他身體裡降落——空曠的
中年停機坪般，沉悶的接納。

入夜的電視機：說，只是為了
打斷不說，她卻坐換臺臺轉急。
嘈嘈夜雨，她也遙控了天氣。

一宿無話。當蟬鳴變暗，彼此
上下輕換，推門剎那，無非是
閉緊雙眼，摸到未裝修的家。

2013.8.7

假借佩索阿

插入鎖孔後，鑰匙速朽，
奇跡在三分之一圈時卡殼，
維修站裡廢咒語枕著舊舌頭，門
卻拋來溫柔的答覆：芝麻開人。

晚間，道拉多雷斯大街
髮廊招牌搖落，秋風吹送謎語機，
把街景包進錫紙。

站牌下，我突然停住，指給你看我的心，
哪裡是里斯本，哪裡就有更多兔子
跳上電車，駛進我的禮帽，
沐浴晚餐之暖。

然後，踩著螺旋木梯下降，
躍過星河邊的草，往深處的辦公樓，
會計師反努宇宙。

現在，宇宙僅剩兩個房間，
一扇門。外面只是過大的臥室，
雅努斯也是斯芬克斯。

最後一位女打字員對著舊鋼琴：
窗下的，街道，好像一條，無止的，河流。
「親愛的……」，魔術師脫下帽子，
演示事物如何用片刻來消逝。

我的愛是碎紙機，
把里斯本裁成無解的拼圖。
馬上，就能夠轉動你了。

2013.2.11

早餐

那盞燈，在天亮前亮起，
俯身啃食退潮的夢。
起皺的櫻桃已經擺上餐盤，
麵包機彈出可人的臉頰。

搖晃的晨班車上，你揣著危險的體溫，
病歷翻新而往事折舊，口渴時霧裡織霧
比劃水杯：醒也只是難免的浪費？

鬧鐘藏在心室，消磨術大師
晝夜疲憊電機的扇葉。聽一念之遠
郵差們分揀奇遇，勻好了恆河沙粒，
籌碼與日子裝進對稱的口袋。

眼淚從水井漣漣地推開窗子

晚雲？像雨前下午，想起廣播
和失真的室內劇，我們催軟刀具，
切開對方，顫抖不熄的話照照彼此的部件：
整條街的傘齒輪吻動氣候。

新的回路要說出另一盞燈。
露天劇院，你被浮力抽出浴缸，
觸摸按鈕，關掉窗外的風，
然後在宇宙初靜中開動早餐。

身上的季節錯落著物種
習題全書。風格即往事，從往事復活
是到此刻去愛。肉身的對位法裡
一靠著一熨平時間，用風格消滅風格。

你看，我們在風暴眼相愛
就是用核桃鉗拷問宇宙的大腦，
褶皺的皮層還像一張床單，
掀開它，問問底下的空。

2013.4.4

如洗

低雲過境，一架藍鏽的鼓風機。
紙袋騰起反鎖之手，油膩又猶豫，
闔閉她百葉窗的眼瞼。而車群
賓客般禮貌，安靜地抵抗與消食。

女鄰的滾筒抬升了危險的水位。
更多時候，她也從波譎的音色裡
剔出一日的雜聲，拘謹的下擺
攜來香露的後調，帶著倦意翻滾。

洗過的舊物上升，每次折疊之間
苦澀的涼臺仍是分割晝夜的頓點。
消解的漩渦隱匿了漫長的妙義，
一如裸眠者被氣息披拂的灌木林。

你聽見胸衣在晾桿上燃燒了嗎？
　　未來是列車履踐枕木，直抵
懷抱的開頭：況且，況且。她摸到
兩室一廳的偎依間早婚的褶皺。

2014.4.28

家居

滿桌殘骸的睡姿帶來一陣倦意，
洗碗池畔，計數器滴答地晚立。

心有鐘擺不決，衣櫥還在下雪，
年輕的鄰居又把疼痛敲進牆體。

若果核啜泣果核的受孕，女伴
能否在顫抖間削出玲瓏的血梨。

熄燈後，肉浪漫上礁石般的肉
心形水母鬆手，伴著光影吮吸，

樓外是救護車拖曳道路，加速
啼破新夢，與耳語撩人的街區。

2013.11.11

便利店

飢餓，在小腹之間聽取賦格，
相遇繞過矯飾的耳語，隔著衣物
往性器持續摸索，時刻負疚。

他勘破，噤聲的領扣，槳葉般
攪拌被束胸的假山假水。一頭
扎向造就對稱的頁縫。啜泣，
輕解襯衣，掛著，無解的生計。

經由顛簸，傳票送抵嶙峋的省份。
所有制動，或許忠貞，也源自猜疑，
一次牽引扶正逾越的身軀。

偷情，都太言不及義，他更衷心
卸任後的走動，空曠，對著外景：
全天候的便利店，支吾出
上晚班的人。失手毗連失敗的餘生。

2013.10.6

斷章

|

最後一日，樹蔭移向肩頭，
　　窗外是裁縫擺弄著幾縷雲絮，
有投籃的身影，臨摹山坡流暢的弧線，
這被陽光限制的矩形充滿遺憾。
清晨，來電唐突，打斷了魯賓斯坦。

　　通過螺旋的電話繩，遠人試探到你
深海的心，能否從反鎖裡推開一扇黎明？
讓耳語湧入，讓光因衰滅而溫柔地抵達
陌生的水域：多，蔭蔽有那麼多的少，

　　座頭鯨正搜尋另一個頻道，如
獨斷的剃刀，劫掠你縫入陰影的下頜線。

||

船錨從夢中收起⋯⋯借助鏡子
　　你學會與造物周旋；借助虹膜
褐色的錶盤，時間的刻度又過於精確。
可那些深陷床榻的物什還沒有醒來，
水杯在妝臺枯坐，牙刷朝外翻捲，
　　像昨夜感性的陰毛，被味蕾掛念。
無需再等待，青梨們拉長天線，
竊竊私語著神的喜劇，漩渦之外，咖啡匙
也遞來自己冰涼的援手，那純銀之手——
你落筆，微微劈叉的金尖會滲出血液
　　替代我，縝密地繪製宇宙。

2014.12.31

雲蹤

險象迭生，颱風被鎖在門外，
細密的針腳，縫紉樓群後骯髒的
畫布：午間，日記從滿櫥圖書後
探出蒙灰的腦袋：こんにちは！
　　　　　　一粒蛇果在桌角坍縮。
曾為臨摹一組記憶，從石膏之間
拂過，當構型學讓渡於檢索的右手，
她把笑意揉進，矯飾的倫勃朗光，
明暗裡轉動脖頸，這清涼的軸承，
鬧鐘的心跳，源於她祕制的香囊。
　　　　假設：蛀蟲已掏空此間舊物，
則有解圍的列車沿著隧道，駛向
宇宙後門──那麼，請帶我逃逸吧，
如前年的腳手架上，友人掛起尾雲。

2016.7.9

舞會散場

唯獨我還在人工湖邊顧盼，
滿世界的蟬鳴被雨水消音。

寂寂，電話亭肅立，猶如
獨居的心室擠進受潮的你。

但公園長凳上有口琴吹送，
但低緯度悶熱的呼吸拂動。

僅僅剎那，消防栓會愛上
郵筒嗎，噙著泉湧的淚花？

2016.5.6

浮橋（一）

秩序的爬蟲隱匿腰間，比我更沉溺自己的體溫。手背上水流貼行，像一場緊張的觸摸練習。

被公路結構之後，城市如氣球般輕拋，懸浮於咽喉。順勢鬆手，就能夠告別所有痛楚。

我曾耽於三角框中的仿真水果，早於接踵的相碰，出乎縝密的軌跡，靜默地恪守遊戲倫理。

但這次，我們穿過下午兩點鐘的熱浪。輸，卻很乾淨。散場後，沒有擁抱的臂膀拘謹起來。

或許下一個站臺，米洛斯的阿芙洛狄忒，躲在誰懷中哭？且為分別哭。
後車燈曖曖點亮熄火，沉默雨刷搖擺籠之窗，入夜的河

輿圖以地名相擁想修遠，處處顯露缺憾的端倪。沉默已令交通工具熄火。滯留時或許正在變好，走下來，走過危險的浮橋。

2012.6.11

浮橋（二）

關掉太陽，看，起於微小的拼圖。合攏手掌，兩朵白鴿引燃街心。

認識論與觸摸學，味蕾裡的探測儀，下水道中攀升著藍鯨，肺部有善良的噴泉。

八月海潮，決堤的城市，做塑料玩具板，我們釘好甲板，也做鹽醃醃地上的蘋果樹。

我被由外而內，撕去一重重包裝：墜樓少女張開捧花裙，忘情旋轉如跳傘。

可跌落的貓，竟完好於殉美的技藝。可裝置永動機的唱詩班，可

昨天的玻璃球從窗臺撥出，順著凹槽不倦地飛馳下去，失去摩擦，宇宙是一匹

甜的綢。我開始理解，並且懷念你。

2012.8.30

舞曲

來撬開八月，將我匯入陌生的星系，
我運行在弦，尋得恰好的顫音。

你有充盈的器官，綴滿飄風的走道，
黃昏六點三刻，突然間停止用餐。

今夜，飛行的蜜桃可否迫降並吐露
多汁的體態？我數著臺階步下層樓。

那時你還年輕，卻安靜，總是下一個
站臺，而非街景，我不能學割草機

竊取綠色的祕密。但她擲出那張空牌，
你丟失，丟失在向南的白馬路上？

撥回一九九三，沒有建築與懷舊，
我還能是世上最無知的人，但此刻，

互望著對街，一對戀人，隔著一場無息的
秋雨，撥出電話。太晚了，他開始掉漆

才接通天橋傷心的弧。鯨的穹頂下
一半白著，一半紅著，寓形體內。

鏡片換作毛玻璃，我看見解放卡車
笨拙的舞步不住打滑。那去了的還會來嗎？

或許我是笛子，笛是自己的缺陷，讓我嘗一嘗
你口中所言？正是其所不在，送來潮水的聲息。

「她的背叛，就如同星星、月亮和茅杉。」*

2012.10.1
※注：出自三島由紀夫《金閣寺》。

藥引

林蔭道如食管般
通向不再暖人的舊居，
半月狀的胃。

摻了街燈的霧氣，
這桌布上淡開的牛奶
在花格間錯得小心翼翼。

湯匙餵給我生活，
使我迅速分辨出懷舊的鏽斑
與曲面倒影。

本以為分別會是漫長的治療，
生還等同對精緻的禮贊。
可以等待一個秋天，
學著初癒的病人發呆、搭積木。

但鏈條的氣息仍像黯淡
而芬芳的藥引，我順著直覺
攀登脊柱，觸到你磨損的軸承。

從皮箱底，取出褪色的使用說明，
想還原那副軀體。
兩尾名「無」的魚在我體內敞亮開游。

若干年後，我途經省城音像店時
偶聞到陌生的琴曲，從單車上幡然醒來，
加速駛向更多未知，
我一生再不能找尋到她。

2012.9.17

晚宴彈子房

沿果核中軸燈下河流光滑穹頂，
傘架撐起危樓：唇色之邀？
我推開門，撞見背身找我的人
問我借一副銀質餐具。

白，在自己中分食晚餐，
一桿將我擊向暗側。吊燈教你
看多有限，看禿頭孤嶼母球靜靜，
「重開一局」，入殮的愛人坐回空室，

從紅色呢大衣上揮落灰塵
積滿步道磚載著威尼斯船歌十二點鐘
向我天窗流。彈簧在體內醒來，想像
穿過整個街區轉角處哐啷兩隻高腳杯。

但對面的男人排出晚餐，
依次掀開鐵蓋，如同啟動顎骨：
蘋果在這？魔術的泵漸漸抽空了我
翻閱一手站牌所剩無幾，

只是缺少一把餐刀切割更多街道。
打開第一章，猜到最末章，
我一再錯。一七五八年的彗星
已豎起每一條長街鏡筒。

晚了，彈子房棧道向內翻成滑梯，
鏈條轉動颱風，搖晃車窗邊
並列的盆栽，相同窗景匯聚向我，
我飢餓，它就反射對稱的眼神。

愛人的領口別著餐叉，環繞
銀器的嗅覺飛行，很快涼了下來。
埋入她頸部，亞熱帶地翻譯死，
綠牆衣像短裙褪下，食道亮出底牌。

就這樣逃？邁開步子雙腿前後扭轉，
電梯上升墜往地下一層。讓禿頭
打出畢生最棒的一桿，蘋果落向三角框吧：
你不再告訴我東部時間或者半島有雪。

96路車的航道又瘦成長柄，
前座三號球小姐環抱雙臂，我往返著猜。
兩耳懸掛湯匙，迷人的雙行道上
沒人比我更無目的地猜：蘋果在這？

弗列里駕馭單車緩緩
鑽入狐疑的天色以不可能的慢
暗下，趕在暴雨前瞄準我胸椎，
徑直穿過一場弗拉門戈舞劇

滾向盡頭的自動售貨機，傾空自己
也買不出對面那罐。可我繼續投，
繼續投，直到它哭出所有收穫，哭出更多
如果，哭出種種變格，朵拉・瑪爾……

2012.12.5

海濱臥室

我走過年少的全部旅途，卻又步入
幽暗的省城醫院，航海時代早已落幕，
潛望鏡產於十二歲的下午，陽光
照著甲板般安全的皮膚，我潛入木床
反覆練習游泳，直到艇體在深海中抖動。
第一枚魚雷發射後，留下透明的郵戳，
從二○○五寄往少年終結，塞進密封艙前
我仰起頭，牆上的航線圖如發皺的門票
飄落到我手心，被汗液甜蜜地捕獲。
透過鏡筒，有人從長廊另一端跑來，背光
且難過，他來告訴我，必要的手術即將到臨。
褶皺深深，床單哭成夜色，翻身醒來
肢體變得陌生，可感的家什越來越少，
天花板也被清空，出海前躁動的電子屏
看起來只是空白的答卷，遲到了十五分鐘
我從後門溜進考場，笨拙地演算生活。
旅途已經結束，發現不再誘人，錶盤上
三把柳葉刀切割餘下的時間。
這次不會贏了，維多利亞號駛離馬克坦時
我多想再活一會兒，跳水，潛回下沉的臥室，

但整個下午，我都在海邊枯坐，思考著
所有的相遇當中，是什麼推動太陽和群星？

2013.1.26

生活史

Now that you've wasted your life here, in this small corner,
You've destroyed it everywhere in the world.
　　　　　　　　　　　— C. P. Cavafy, *The City*

一

當你老了，頭髮花白，起雨時初醒
倚靠在縫紉機邊，打開這扇窗戶
緩緩地閱讀街景。回憶如何被想像
就該如何回應幻想，棄芝瞧見你

戲仿的舞步開始生情，像五號電池
躺進屋子的心，於是搖輪吱吱

縫補星系，風灌入蔥香的廚房
你在案板上謄寫劇本：回憶即盤旋。

那是拉上窗簾，撐開淚腺的閥門後
淚水從身上帶走半個自己，笨拙的
舞伴拾起你右手，繞小地月系中心
久久旋轉；那是每次心跳你都會想

街心公園固執的鴿群，該出自
天庭玩具商的聖手，舔過很多遍後
唱片的細語都服帖起來。不要再
捧著幼童的面頰哭，如火中取栗

只一次，即成廢墟。我也終於明白
你是萬居過去的人，是雲中鶴鏡中影
唯我將你來過時，才會永恆。

二

車鈴叮叮的傍晚，我從人家窗下游過，嗅到悠遠的蔥香來自自己的身體。
左轉再右折，順著滑坡下來，就是岔道口。三色柱如螺絲，旋射線的端點。

對岸吊起煤油燈，重挫似的停頓。肺葉一瓣瓣張開，斗室如黃昏消沉。
光在破敗的招牌上滯留，我們之間隔了滿街的水，行人們抱緊屋頂，一一漂走，
我帶著數數的熱情重新接受它們：塑料袋、包裝紙、啤酒瓶。

淫漉漉的鸕鶿蹚水行，閃避著簾幕後並排的候客，
覬探和檢索，追問與游移，手中的傘柄彎得魚骨般扎人。

走近時雨更稠了，貓覓縫而入，異鄉人正邁向你，我的敵人，
我憎恨蛻變，也害怕錯失來臨中的烟緣，
我看到鏡中你慢慢踱回，刹那間，理髮店的引擎發動起來，我們被丟進巨大的後視鏡裡，

自行車叮叮從平面上劃過。

Ⅲ

關於夏末郵遞員的生死愛欲：趁著鎳幣虛無的
賞賜，兜售的轉機如同贖罪券，都霸占想像的
入口。暮光赤裸肩胛，呼吸節奏著潮汐。而他
尚未啟封，獨自在此間投遞，將街燈依次點燃
再撲滅。新航路，量子論和兩棲動物與他無涉
半衰期，六分儀或是彼特拉克體，也與他無涉
王車易位之際，路易斯那州的颶風將要揭毀
黑人扒手的生意，但都與他無涉。他需要減法
勝於渴求輸出。心朔得處，每自不由人。儘管
愛，儘管形式之真。冰山漂流不得窺，過電的
手伴瘋而靜穆。第五街區，多動的奇蹟發射站
不休於偶然至永恆的轉碼。晚餐時分，斜坡頂
綠螢蟑螂在羊蹄甲下歌頌季節，一遍比一遍專注
小雨珠在探照燈下低飛，射進落地窗來，吻開
兩枚塑料紐扣，摸索你郵箱的暗門，向內吐信

※注：「心朔」句出自黃庭堅〈蕭山溪‧贈衡陽妓陳湘〉。

IV

風吞噬廳堂的眼睛。回轉過身，未降落的飛行足定定地在幽深的門框中，雙目如炬。

懷中一對蛇信子，溫度妖冶，令我愛上它通體莫測的鱗光。

於是這空寞來臨之夜，道士的銅鈴聲，從公園足球場外圍漸漸逼近。奧德修斯的手電筒

剌痛瞎占區的黑暗，往生者四散著。「啦啦啦啦，我是快樂的飛行員，我將俯衝一生的悲歡。」

進門，尋候客，默回他舊玩具的骨骼，洩氣的皮球漸漸乾癟，又睡入暖溶溶的子宮。誰還在開闔房門？

聽到的朱雀痛泣，風水裡處處顯露凶兆，從無屈辱的失敗伴著縝密的鼓聲再來，

為了這沒有開端的燈下凝視，令人每每赴雨夜打撈溺水的故人。

2012.8.1 初稿，2013.1.15 改訂

夙願博物館

魚妻

夙願的外觀迸裂，許多年裡，他與
影子相戀，相信牙齦的重荷，以及幻滅。
終於，曇花之疾加重了烏鴉的困惑
微弱的兔蜷縮在心。獄卒正梭巡
洪水方歇，或荒年，妻子臂膀開裂
我在她身上瓦全失衡的自己
人格中的老虎使愛情受孕，而西風
在欺凌的片刻上升。清秋，清秋，樂官的手
不囿於歡愉的技藝，如燕翼，你掠過，微陷的腹部
鳶尾花，苦艾草，四周的苔痕，綠了一遍。
河流照常，飢饉的兩端契合了兩個夜晚
充滿煤油燈的空室裡，她曾出示自己
出落優雅的肩胛，好像一些快樂的句式
默誦著，繞過你錯誤的夏秋。

2011.5.13

燈神

本是一種蹉跎，你不應來夜襲
修剪黑暗，划定界限。穀倉的鼠輩疾行
淅瀝的雨便開花，竊米為生，雕磨獠牙
只要恪守盜賊的戒律，不被燈神觸碰
　　　　　　　　　　寫滿謎底的嘴臉。
懼於螢火蟲的下體一般震顫的光源，
豺狼們環繞藩籬，鷹的利爪在掌心伺機。
誰在此刻泅水，並不打翻停靠的木舟
誰攜音書從烏有生還，她就是你的戀人。

2011.4.29

漁父

水同木禁錮了你的家門。嘴
再閃爍一個詞彙。生活馥郁著幻惑的湯匙
感性的粘稠從日常開始，家中零落器皿。
在廢港，你突然開口：「不再走了，屬於海的
生活滿布暗礁，屬於生活的海卻止於虛構。」
隔開兩者，經由一隻海獸，舞者出入風暴
也認識了自己。寡歡的船長談起不在自身的人
棲身古老，體如船艙，脊背上龍骨欲折
他器官老化，是一件易碎的瓷具，疏忽了
一枚重症的螺絲後，取下失真的義肢
善良的假牙，與無法證偽的過去
「以反拆卸的語言，與我一樣。」
關於下次航行，滾動的街景沓浪而來
南方的夏天像陌生的暖流，沖過他
高緯度的指紋，在他過失的夢裡
懷抱迷失的回憶。

2011.5.27

木魚

曾是原木，如汩水的猛虎，順流而來
入我空門，繼而擁有同樣空虛的腹部

有風，袈裟竄動，因此是火將你圍住
在世界的中心，精密稱量語言的謬誤

2011.4.23

上弦月

度過上弦月，才能夠看見悲歡的鏡子
而現在只像水中懸浮的鯉魚，懸而未決

風悲泣的時節，不宜枯坐，也不應浣洗
並在荒年砍伐的竹竿上晾曬，子夜之後

缸中的積水便豐收，灌木間新生的魑魅
拉長身影，向虛閉的院落，收割衣物

2011.3.18

晨景

孤嶼般的鼻子帶來的比雙眼更多
霧鎖，鬆動的地基承擔了露水和你

多情的肋骨終於與鐵欄相契，四處嗅嗅
輕扣，得到的是比鳥鳴幽遠的金屬回音

枯葉伴著人聲旋落，農事細碎起來
在稀疏的晨景裡，觸犯了本地的風水

2011.6.6

物與唇

停電記

城郊中學，黑暗肢解著我，夜色裡
中斷的練習，柔軟的臂膀勾連，唇片相貼

空曠的暗源匆匆落成，靈魂遺落部件
迴異的肺腑各訴，四壁如迷宮倒伏

舊玩具的探測器忽然立起，風向標敏銳的
發現慾，輕失風的遁跡，搖響我的風鈴肋骨

今晚它回溯支離的命運，重提了生活
完整於完整的物外：星相、蟲語、水杉樹

在鎖骨邊低陷的水窪裡，十年一覺
修習空缺，食指遭遇器物沉默的邊界

匯聚的電子屏：人工螢火蟲的舞陣，升騰自
困惑的根源，一種工業抵抗無端的排遣

裹挾我如同祕儀中的宣講，直到吊燈顯現
重鍍活物的光澤，教室依然以無損的格式自持

2011.6.24

理髮記

洋溢著晚照與洗髮水的氣息
遲疑不前的下午，我來與昨日道別

理髮店裡，事物端居各自的位置，鏡子與過刊
隱祕地交織，藉由他們，時空的秩序得以復原

從等待到被召喚，額角開始沁汗，而混淆視聽的
電風扇攪亂了節奏，我枯坐如植物園的草木

生活的奧卡姆剃刀修訂著過度的部分
夏日聒噪的割草機正帶走多餘的祕密

松針相擁，一簇簇落下，鋪滿灼人的體溫
你說首先是一種忍受，然後是逐漸消褪的自己

人不能兩次出入生活，鼻息再也秉持不住，披拂絲縷
下一秒，下一秒，哪一個是你，哪一個又將是我？

2011.7.9

候車記

超載的候車亭以無序的傘面延伸，指點對岸
多少樓臺煙雨中，傘源自對傾訴的一概反對

霓虹燈邊，他痴醉漁火，受洗者撲滅老化的語言
水族館的長夜，把乘客鎖進各自的空間

屋宇下盛接的器皿，通過你縮小的瓶頸，水
識別了陌生的胃，冰裂紋瓷器，潰爛發端於細節

被打破，他試圖挽回失敗的結局，流水無端
因季節而稠密，對著城市開闊的下體，譫妄言之

骨骼凋敝，等候的時辰被取締，多米諾骨牌般的人潮
遂洶湧，器物的外觀危險，如子僭越，將代我而為我

鈍光緩緩到站，觸抵鐵鯨唇已湮，莫非是子虛烏有的航程
而我被占據、填補與延誤，我念想因緣裡的過錯

梅雨時節，故地神遊，江南雜物陳橫的平房頂上，窺探他
一尊金身菩薩，對著汩汩天流，有吊蘭之姿，孤獨就在這裡

2011.7.17

為窗景中的小麻雀而作

成熟的小松果般，落在天臺外緣，
眼角湧起美術教師失神的鹽水。
記憶裡切牌的手總在抖，十二年了，
我不懷疑。巴洛克的生活腔調多麼美妙，
也惹人生厭。我捕風、觀鳥、不學無術，
能過好短暫的一天，也愛著某個自己，
日日新，勤於打理，相信偏離即是矯正。
——當窗外，緊張的水銀柱緩緩攀升，
他已掐斷最後一截粉筆，行注目禮：
左爪踏向虛空，演繹出技藝精湛的跳樓者，
撲棱間奧義又將事物托舉，快感要起飛了。
「卓絕動人的和平時代！」那是十二年前，
他生活的城市更小一點，鳥卻更多一些，
我被焊定在教室窗邊，發燙的木長凳。
生活造就過溫和的宿命論者。很久以來，
他常說，窗景中停佇著同一隻麻雀，
畫僅意味著看，很快便熟悉了變化，
如同用婚嫁的口吻談論永新的初戀。

2012.4.27

書信

小花蛇摩擦樹的琴弦，鳥鳴後
聽眾突然噤聲，側過身，心有戚戚。
江南已在望，街巷在信箋上落成。

寒潮強勁，速凍窗外待售的風景，
而列車如簧片，顫抖著節制嗚咽。
山水生澀，在關節中劇痛又隱杳。

伴著樹蔭滑出數公里，乍醒的懷想，
光還是光，侷促的車廂脹開間關的
另一支：去承受一種複調的生活？

快了，乘客們紛紛引頸，靜物被
准許躁動，列車的軀體重重地頓在
某刻，舷窗正轉為無暇的寫字板。

自此為止，可能的旅途才剛剛開始，
生鏽的雨地莫非漫長告別的入口？
你曾說現象無盡，但止於轉述之手。

2011.2.25

空瓶

坐著坐著，終於成了一隻空瓶，
根鬚曾滲進你剔透的胃裡。
　　　多少次，每當你發明孤絕的比喻
來圈養它們，精魄就如雲雀轉身飛去。
「對不起，先生」，修花匠的語調
爬滿了葡萄，你將塑料花梗悉數上繳。

快，兀坐出海：一張歡愛的彈簧床，
讓聲色閃爍，閃爍風雨如晦之際
你頂著四下黑暗的簾幕，擦亮火柴。
透過收緊的瓶頸，一渦流水之光！
　　　僅僅片刻，你真的抓住過它們，
舌梯從高處降下，宣讀縹緲的營救。
「我如願攀登愛的圖景，但現已空匱。」
逸步踏空，彷彿誰跌落斗室。

雪霽後，隱約有墨點在紙面上走動，
屋宇輕煙蹁躚，像來自前世的另一種

氣候，舞蹈於舞蹈者的體態之外，
又風箏般，把自己託付給更深的未來。

2012.2.3

贈別

我等到黃昏，開始命名事物，
而你舞步從容，拒絕詮釋，秋天
失色於對白的嫁接。密林之舌，
所有敘事的零件都已被拆除。
終有一天，心的構造將清晰可見。

而你要相信，從兵敗的落葉起
到此刻的你，凋傷的又何止草木，
記憶成了凍土封存的瓷具。
你讀到月刃，談起秋水，雲墟裡
堆積木的人，腹中盤算著來日。

再也不能，指認失之交臂的時刻，
登臨水杉的脊椎，緣木求魚，遍稽
所愛的脈絡與遠景。你曲解晚風，
懷藏敵意，使每一雙經過秋天的手
兩倍於你地承受離別的儀式。

2011.8.17

相遇的儀式

弈者正沉湎臍橙的心事，
剝開街景後，只餘下我們。
巴赫一空，霧就停止編織，
為何不從身外回到懷抱？

穿過的時候，閃電源自我，
一轉身，又如兇器，擲入
冥晦的胸膛。每再愛一次，
就失衡一次，女性毀壞了

掩飾的天色。下一個路口，
祕密縫入未知，早市前
水果芬芳馥郁，蛇與鳥
撿拾著，遺失詞典之外的

戀人。首先學會刪改自己。
近郊區的星辰閃爍其詞：
朵拉‧瑪爾，快跟我來，
風開始遲暮變奏的焦躁。

2012.1.2

風暴將至

烏鴉抖一抖身子，陰影便打在臉上，
五官倉促地浮起，拼湊出疲倦的模樣。
誰入主燈罩，扭亮頹敗的天光，
誰鋪開巨幅畫卷，讓你指認她身上的
暮夏。從市中心向城南，味蕾躲在鞋底，
品嘗著行道樹周遭鬆軟的泥土，電臺裡
險情被轉述，一場風暴正由遠及近，
而班車已經延期，我背靠座椅睡下又醒來，
插入土層的芯片正在消磁。

2011.8.9

雨霽

藍，終歸於重度抑鬱，你在窗景中抽絲，
挑出遠街的電線，麻雀如句點般分隔著
半空中懸置的話語。

光陰平靜，如臨另一種生活。禽類
從失地啟程，徘徊，又虛無地回返，
對我說：「及至秋來……」秋來，霽光正在消退。

而南方，你等不到落葉，那些你不曾辨識的
喬木將恪守微妙的幾何祕密。那些盤繞你的，
在翩飛，你的肩頭明滅蝴蝶。

2011.9.9

臉、雨行和初夏的風

雨幕下一次突然的擺動，
抓緊位置，才不會被甩出生活，
髮香都繫在鼻尖。

終於，謎底只剩下一張臉。

水汽上泛，雲卷，城市的衣領，
向外看，你所尋找的僅僅是江湖之遠，
而非翻身上岸的魚，芒刺在背。
候車亭，淡紫傘，俏麗的山鬼們
會在哪一次邂逅出現裂痕？

身材對等的公共汽車：命運的對位法，
音樂因阻隔而衰弱。
鏡像暗下，前座少女的側影
被雨驚涼了，雙臂環抱，
又憑藉掌中的餘燼取暖。

遠街一盞燈亮起，一個詞語就喑啞，
而體下的蛇苗誘捕著：雨，雨，雨。

水中變得柔順的毛毯，以及羊蹄甲的舌尖，
雨季適合放下情慾，在母體內

嘴唇乾涸。

太晚了，那些初夏的風就下作深秋的雨，
而受洗的靜物沉默著，又一次
忍受曠日的詢問。

2011.5.16

暗面

返潮之夜

波狀頁緣提示出匿形的魚陣，
眼淚，還是汗液，抬升了水位？

蛇，委身四壁，溼潤而觳觫。緊張
正加劇，季節朽壞，帶來無聲的流響。

傳說的晦澀，在盥洗室，借浮雕
顯聖，咒罵如針，扎入各層樓的穴位。

杉樹與杉樹，近景與遠景，兩個
並列的零件，擁滿肺腑的心思。

穿過雨林之夜，未知恰給予夜色
歡愉的生長，焦慮則只屬於猜忌者。

洪災搗毀大地，必起於細流的侵蝕，
時節是一臺多麼卓絕的破壞器。

我自他處繼承絕孕之手，撫摸，才變得
溫柔：「再不轉涼，髮間都快生蘑菇了。」

返潮之夜，容顏與可見的光陰
被膽汁稀釋，請原諒又一次描述失敗。

傷心是鴿子，凌空蹈虛，惶然
欲掙脫秋天的界限，收斂遲疑，邁向

門外的風景，燈外的門。
你是萬千幻覺之一，我是你。

2011.11.5

失眠之夜

敏感的耳廓，採集街區的回紋，
起伏的鼾音之間，我被擋在外面，

蠕動蝴蝶結狀的咽喉，挽留著
不願放飛的話，冒煙的知更寓所。

迷蹤十八年後，男孩從閣樓深處
復蘇，子時的體格盛大而虛弱。

燈光，照出雨絨的草坪，你放下
繩梯，鑿穿天臺，降落於臥室。

夜色有如懸垂的腎臟，與日俱增，
物性與詞藻都匯入生鐵的器皿。

此刻，想像的黃昏已對準了窗口，
眼珠滾動於沸鍋，便熱淚漣漣。

你，美麗的同謀，晚宴光輝的
軀殼，現在，請啜飲生還者的腦漿。

而我從廣漠裡縮回，冷卻的手勢，
連擊手機按鍵，滑向表達樂園：

「該睡覺了，晚安。」捲曲的天氣
多麼任性。這一次，終於潛入深海。

2012.1.15

除夕之夜

時間並不崩析，也從未虛擲一詞，
而嗡鳴的胸腔卻精於肢解：

「三，二，一。」途經偽造的時刻，
屋子渾身一震，煙花簇擁著星相官

難以測繪的穹頂——假的。
你在沉澱中辨別放緩的妙手

如何嬗變萬物，卻不驚擾任意一盤
棋局，擺布我的舊夢，舊雲梯。

掀起波瀾的縱火者釀就了飄漾唇齒的
夜晚，私語與意義終會磨平耳朵。

遁逃的人，如同費解的利刃，削開
重圍，泡沫驚濺，升騰向黃金墓地。

哭呀哭呀，你那不可拆卸的驕傲又
回到額角，你所期許的快樂行將到來？

在此以前，你要在祝福中引火自焚，
甚至比星球更能理解輪回的全部祕密。

重複並不加重，喧鬧歸於沉寂，所有口吻
都已不再適宜：「不離不棄，芳齡永繼。」

2012.1.23

跋
暗室

O Lords of Limit, training dark and light
And setting a tabu 'twixt left and right
　　　　　　　　　　　— W. H. Auden

文｜蔡弦

　　大約八九年前，我還在一所城郊的寄宿中學就讀，校舍尷尬地坐落於都市化進程的停滯之處，毗鄰未經規劃的村落，雖有圍牆綿延，善意地框定我們的日常，自然的風貌卻並不總能被拒之門外。端坐在教室裡，可以一覽後山秀挺的草木，天際變動的雲絮，以及偶爾停駐在窗臺上的鳥類，那隻不止一次被我提及的麻雀就躋身此間。倘若站到宿舍外的長廊上，還能看見鄉野間高低錯落的紅磚房，時有農戶和家禽往來，那自然是另一種不可及的生活，足以催生「無窮的遠方，無數的人們」一類的遐想。當時我已在有限的閱讀資源的刺激下，暗自摸索了幾年現代詩，談不上有什麼心得，也鮮與人交流，只一味地盲寫，其作用之一，無非是借以調節每日機械勞作的意識。身為一名散漫的學生，我上課每每對著窗景走神，也常在憑欄處張望，觀看的動作伴隨有抽身而出的衝動，成年前後的詩作多半是在這些偷閒的時刻記下的。

　　中學畢業後負笈上海，學院的外景從村墟跳轉為市井，但活動半徑卻沒有大為舒展。迅速厭倦了班級、社團、讀書會等人際集合之後，更是退縮回隱蔽的根據地。我被分配到的寢室終年背陰，光照微弱，即便是日間，也需借著檯燈才能讀寫。隨著藏書與雜物日增，騰挪的空間漸漸局促起來，以至稍有動彈，就可能引發大規模的崩塌。室友們的生物鐘高度紊亂又相互交錯，四人一度輪班似地在全天不同時段休憩；至於意見上的分歧，更拉開跨度頗大的光譜，徹夜辯爭成為自我教育的重要環節。其中交流最多的小說家企鵝君在蒙受了校園生活的組合拳後，轉變為我們中最徹底的「四疊半主義者」，那部森見登美彥原作、湯淺政明執導的神作被他喻為「我的大學」——當然，這一定不包括動畫結局。大學階段的多數詩作正是在那間晝夜顛倒的暗室裡顯形的，而室內日課似的辯駁隱約構成了它們背後潛在的「文本」，如今看來，似乎也為變動期的歷史與政治氣候提供了微不足道的注腳。

　　以上的追溯無意為詩集鍍上感傷的色澤，只是試圖從「個人史」與「發生學」的角度再做些許補充。《入戲》是我2011年至2016年間詩作的首次正式結集，換言之，收錄的主要是中學與本科期間的嘗試——出於延續性層面的考慮以及年份劃分上的偏執，我將本科畢業後的少量相關之作也一並列入其中，而2017年至今的詩稿則留待日後整理。雖然並非詩集編排的有效線索，但在我斷斷續續修訂舊作的過程中，那些寄居過的場景時常不自覺地浮現。作為書寫之所，暗室型的空間不僅曾投影於輯冊內的部分篇什，似乎也直接規劃與標示著我的身心活動：一方面，它們將自我隔絕於外部，由此反倒調度起對關聯的焦慮與渴望；另一方面，它們也構築出自足的轄域，進而內化著創造的激情和苦澀。這大概算是近年間的問題與狀態的簡要說明，本書有限的所得和更大的限制都維繫於此。

與諸多同代詩人相似，我的寫作始終貫穿著某種進退失據之感。推究其根源，可能是「四疊半宿舍」式的青春窘境，可能是「結構不上街」式的書齋生活，也可能是「鐵屋子」般的沉悶現狀，又或者，在權力與資本共同形塑的圖景裡，問題的界限早已模糊難辨，取而代之的是細密編織的羅網，暗暗將青年束縛於預留的位置。然而，我們終究不甘墮為犬儒，仍要朝混沌釋放一點餘力，哪怕它們只會經由複雜的傳導轉化為徒然的內耗。〈宿舍〉一詩裡，我曾以拓撲學上沒有內外區分的克萊因瓶，來形容當下這種無所謂真正的介入或跳脫的兩難處境。同時，和現實感受力相稱（但絕不相悖）的對語言自足性神話的迷戀，連同由此而生的技藝熱忱，依然被普遍地鐫刻在年輕一代的文學信條中，我同樣受訓於此。危險則是，如果心力未能維持住足夠的強度，修辭映照的世界很容易自行現出罅隙。第一首〈絕劇〉裡，我曾將讀者邀入幕後，從更高維度俯瞰海與陸的角逐帶來的循環往復的創世和毀滅，而觀看者的竊笑指向的，除了秩序的瓦解，何嘗沒有沉湎幻想劇場的自己？針對兩條線索的困路，原本隨手擬定的書名，也被我附會上了含義。所謂「入戲」，不是要延續或反駁圍繞著戲劇性展開的重重文學意見，而只是簡單的自我激勵：在政治的、美學的、倫理的關係裡，我們所欠缺的，或許是明確了自身的有限性與假定性之後無保留的參與和無所求的遊戲。

回顧現代以降的文學傳統，「暗室」之類的說辭和境遇早就不復新鮮，甚至顯得圓滑、可疑。前兩年翻閱前輩詩人姜濤的研究專著《公寓裡的塔》，更是知曉，即便縮小到中國新文學的語境，青年們的室內「硬寫」也足以串聯成脈絡龐雜的問題史，藉助1920年代作家的選擇反觀自身，似乎並沒有找到什麼明朗而獨到的進路。因此，惟有希望讀者能諒解這樣的自辯：對於當下的寫作者而言，「室內」仍是一個有待獨立應對的漫長階段，猶能激發合乎時宜的表達歷練，在

感知模式和書寫策略的更新得以落實之前，重複未必不蘊含有潛能。

　　寫詩至今，已逾十年。十年間，生硬地從不同對象身上汲取奧援，笨拙地在各類情境中實踐草案，等到終於要將部分詩稿付梓，最初的興奮早已消退，只剩下自我總結後不可避免的脫力和遺憾。而那些明顯帶著學徒期印記的少作多大程度上尚且成立、還值得閱讀，我不得而知，只能以新的書寫覆蓋舊的筆跡。畢竟，歸根到底，詩處理的往往是不斷從書寫鏈上逃逸的經驗——這意味著，下一首裡總藏有此前未竟的答案。

　　是為跋。

二〇一八年八月二十日於復旦北苑

語言文學類　PG2294　陸詩叢05

入戲：
瘂弦詩選2011－2016

作　　者／瘂　弦
主　　編／楊小濱、茱萸
責任編輯／石書豪
圖文排版／林宛榆
封面設計／邵君瑜
封面完稿／蔡瑋筠

發 行 人／宋政坤
法律顧問／毛國樑　律師
出版發行／秀威資訊科技股份有限公司
　　　　　114台北市內湖區瑞光路76巷65號1樓
　　　　　電話：+886-2-2796-3638　傳真：+886-2-2796-1377
　　　　　http://www.showwe.com.tw
劃撥帳號／19563868　戶名：秀威資訊科技股份有限公司
　　　　　讀者服務信箱：service@showwe.com.tw
展售門市／國家書店（松江門市）
　　　　　104台北市中山區松江路209號1樓
　　　　　電話：+886-2-2518-0207　傳真：+886-2-2518-0778
網路訂購／秀威網路書店：https://store.showwe.tw
　　　　　國家網路書店：https://www.govbooks.com.tw

2019年9月　BOD一版
定價：200元
版權所有　翻印必究
本書如有缺頁、破損或裝訂錯誤，請寄回更換

國家圖書館出版品預行編目

入戲：蕧弦詩選2011-2016 / 蕧弦著. -- 一版.
-- 臺北市：秀威資訊科技, 2019.09
面；　公分. -- (華文現代詩；PG2294)
(陸詩叢；5)
BOD版
ISBN 978-986-326-725-6(平裝)

851.487　　　　　　　　　　108012975

讀 者 回 函 卡

感謝您購買本書,為提升服務品質,請填妥以下資料,將讀者回函卡直接寄
回或傳真本公司,收到您的寶貴意見後,我們會收藏記錄及檢討,謝謝!
如您需要了解本公司最新出版書目、購書優惠或企劃活動,歡迎您上網查詢
或下載相關資料:http:// www.showwe.com.tw

您購買的書名:_____

出生日期:_____年_____月_____日

學歷:□高中 (含) 以下　　□大專　　□研究所 (含) 以上

職業:□製造業　□金融業　□資訊業　□軍警　□傳播業　□自由業
　　　□服務業　□公務員　□教職　　□學生　□家管　□其它_____

購書地點:□網路書店　□實體書店　□書展　□郵購　□贈閱　□其他

您從何得知本書的消息?

　□網路書店　□實體書店　□網路搜尋　□電子報　□書訊　□雜誌

　□傳播媒體　□親友推薦　□網站推薦　□部落格　□其他_____

您對本書的評價:(請填代號　1.非常滿意　2.滿意　3.尚可　4.再改進)

　封面設計____　版面編排____　內容____　文/譯筆____　價格____

讀完書後您覺得:

　□很有收穫　□有收穫　□收穫不多　□沒收穫

對我們的建議:_____

_____

_____

_____

11466
台北市內湖區瑞光路 76 巷 65 號 1 樓

秀威資訊科技股份有限公司　　　收

BOD 數位出版事業部

....

（請沿線對折寄回，謝謝！）

姓　　名：＿＿＿＿＿＿＿＿　年齡：＿＿＿＿　性別：□女　□男

郵遞區號：□□□□□

地　　址：＿＿＿＿＿＿＿＿＿＿＿＿＿＿＿＿＿＿＿＿＿＿＿＿

聯絡電話：(日)＿＿＿＿＿＿＿＿＿＿　(夜)＿＿＿＿＿＿＿＿＿＿

E-mail：＿＿＿＿＿＿＿＿＿＿＿＿＿＿＿＿＿＿＿＿＿＿＿